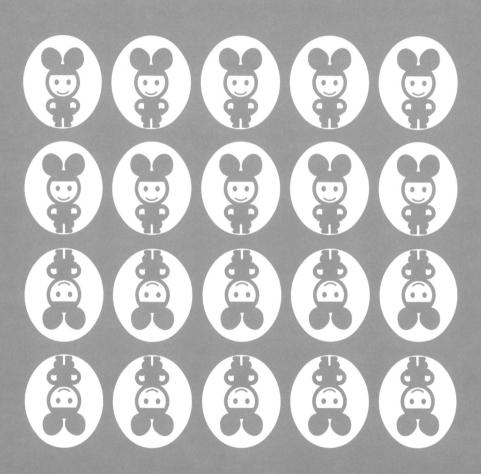

うみの
としょかん

葦原《あしはら》かも・作　森田《もりた》みちよ・絵

ここは、うみの としょかんです。
おだやかな うみの そこで、みんな
ゆうらりと ゆれながら、すきな 本《ほん》を、すきな
ところで よんで います。

小《ちい》さい　さかなは、せまい　ところに
もぐって　よむのが　大《だい》すき。
本《ほん》は、かいそうで　できて　いるから、
水《みず》の　中《なか》でも　だいじょうぶなのです。
としょかんでは、「くったり　くわれたり」の、
あらそいも　ありません。だれでも、
あんしんして　よむ　ことが　できるのです。

なかでも　とくに　本《ほん》ずきなのは、
こわい　かおを　した　アオザメです。
おなかが　すいた　ときは、さかなを
おいまわすので　おそれられて
いますが、ここでは　ちがいます。
むちゅうに　なって　よんで　いるので、
イカや　エビが　よりかかって　いても、
まったく　気《き》が　つかないほどです。ときどき、
目《め》を　まっかに　して　いる　ときも　あります。

よみおわると、ヒラメに　こえを　かけます。
「おう、よんじまったぜ。また、おもしろいのを
たのむよ。」
すると　ヒラメは、すなの　中《なか》から　ぶわっと
あらわれて、
「これ、おもしろいですよ。でも　あまり、本《ほん》を
もった　まま　およぎまわらないで　くださいね。
あぶないですから。」

アオザメは「ひゃっほう。」と、
うれしそうに　みを　くねらせて、
本《ほん》を　うけとります。
そう、この　としょかんの　せわを
して　いるのは、わかい　ヒラメです。
まいにち、たくさんの　本《ほん》の
そうだんを　うけます。そのひとに
ぴったりな　本《ほん》を　さがして
あげるのです。

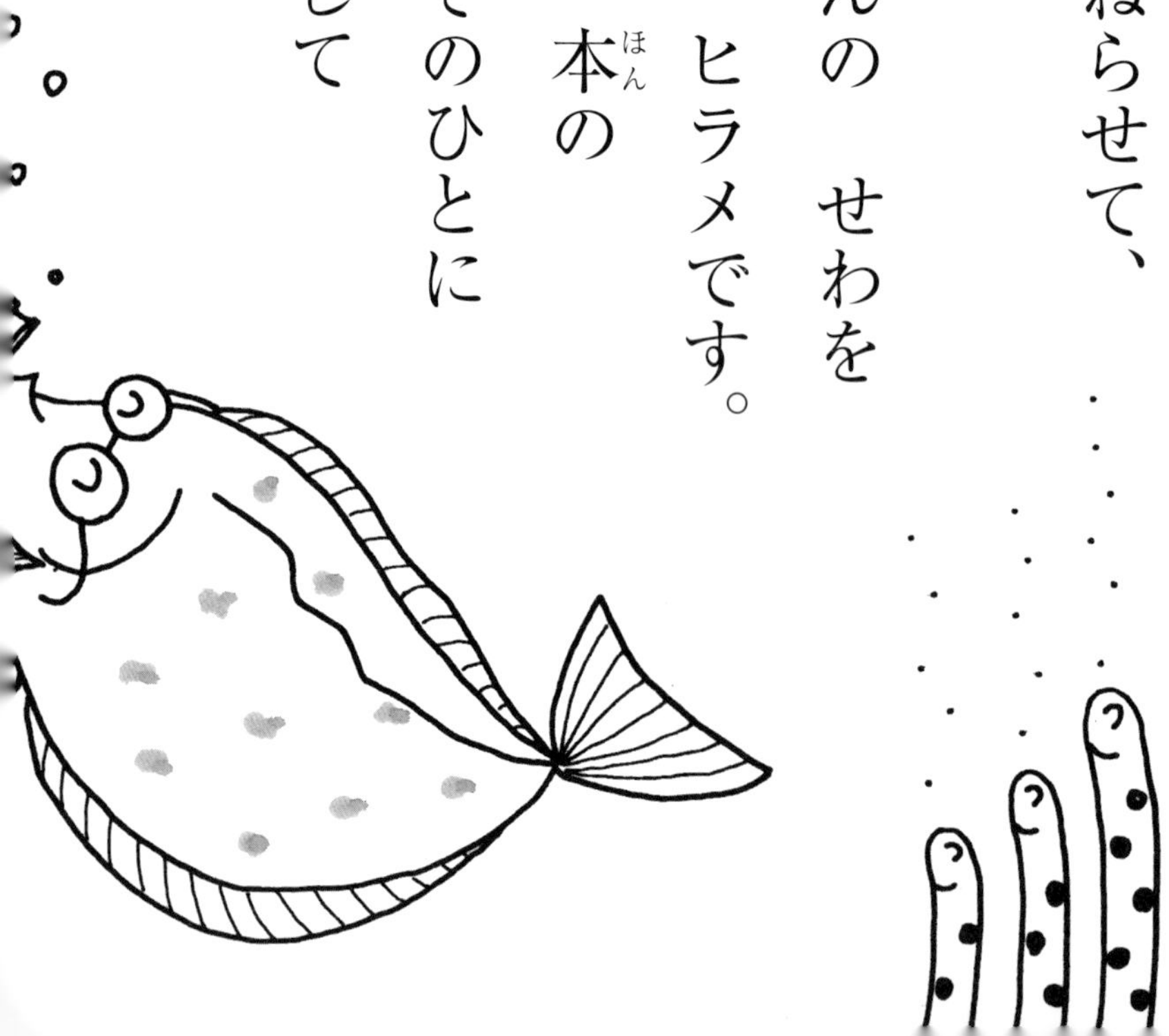

タコの　はっけん

としょかんに　ある、大《おお》きな　ホラガイの
からの　中《なか》で、小《ちい》さい　タコが、
むちゅうに　なって　ページを　めくって
いました。
「りくの　どうぶつ」の　ずかんを
見《み》つけたのです。

「りくって、どこだろう。
うみは　こんなに　ひろいのに、
どこまで　いけば　りくが
あるんだろう。」
イヌ、サル、ネコなど、
きいた　ことの　ない
名《な》まえの　いきものの　かおが、
つぎつぎ　あらわれるのです。
しかも、みんな　水《みず》の

中《なか》では　ない　ところに　いるようなのです。
「ふしぎだなあ。みんな　およいで
いないなんて。」
大《おお》きく　いきを　つきながら、タコが
ページを　めくった　とたん、
「えっ！」
びっくりして、からだが　赤《あか》く　なって、
おもわず　ぷっと、すみを　ふいて
しまいました。

「ヒラメさん、ヒラメさんったら！」
タコは　本《ほん》を　もって、
ヒラメの　ところへ
とんで　いきました。
「どう　したんだい、
タコくん。」
「なんで　ヤギの　目《め》と、
かあさんの　目《め》が　そっくりなの？」
「え？　なんだって。」

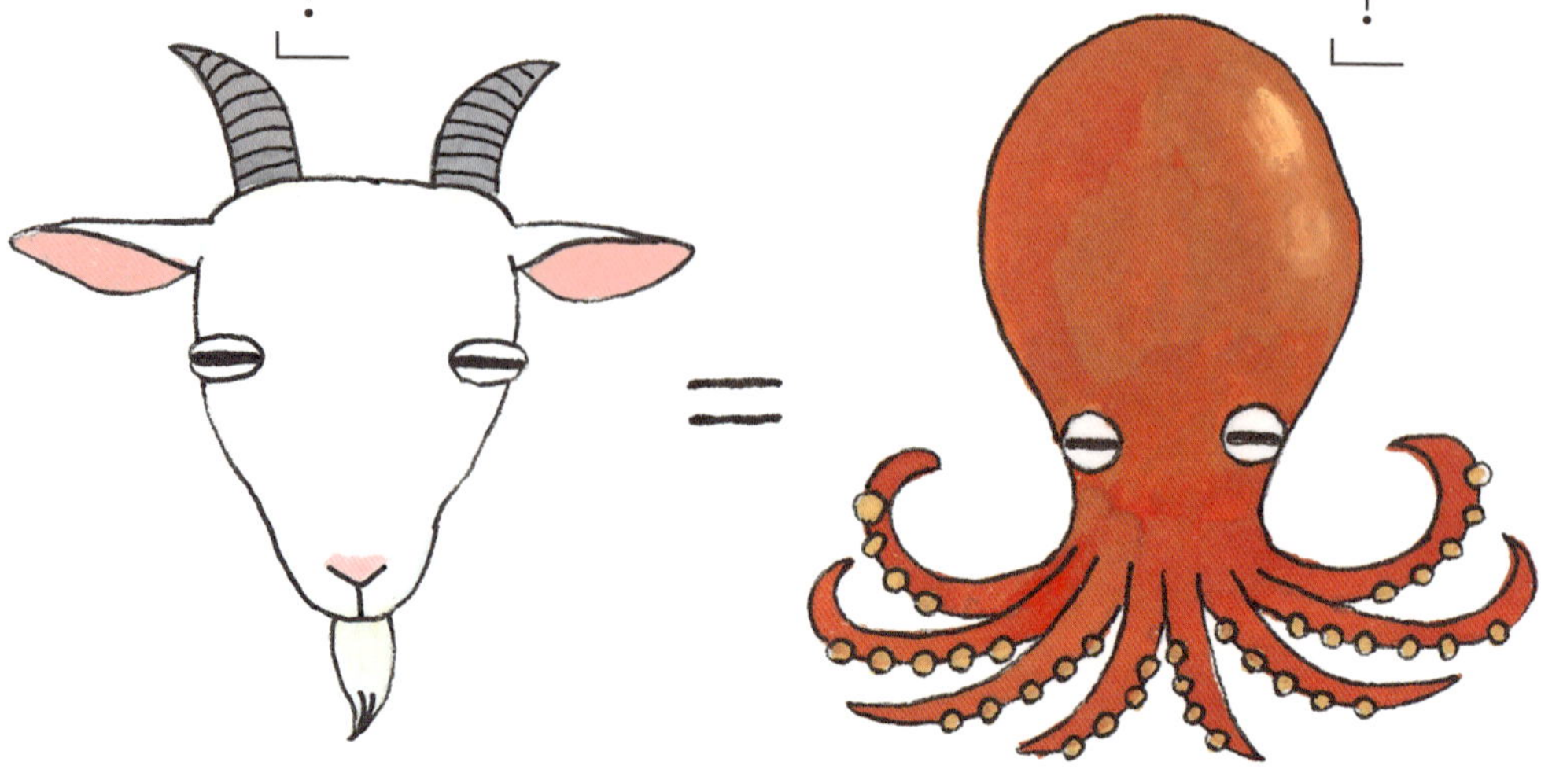

ヒラメは、ヤギの　えを　じっと　見《み》て、
それから　タコの　目《め》を　見《み》ました。
「ほんとだ！　ヤギも、きみも、目《め》の玉《たま》が、
よこむきの　ながしかくだ！」
「きみもって、ぼくも？」
「あたりまえだよ、きみも　かあさんと　おなじ、
タコじゃ　ないか。」
タコは、ますます　こうふんして、まっかに
なって、くるくる　まわって　しまいました。

「ヒラメさん、ぼく、いつか　ヤギさんに
あえるかしら。」
「あいたいと　おもって　いれば、いつか
あえるかも　しれないね。」
「この本《ほん》、かりて　いっても　いい？
かあさんに　見《み》せるんだ。」
「もちろんだよ。」
タコは、本《ほん》を　だきしめて、
いそいで　かえって　いきました。

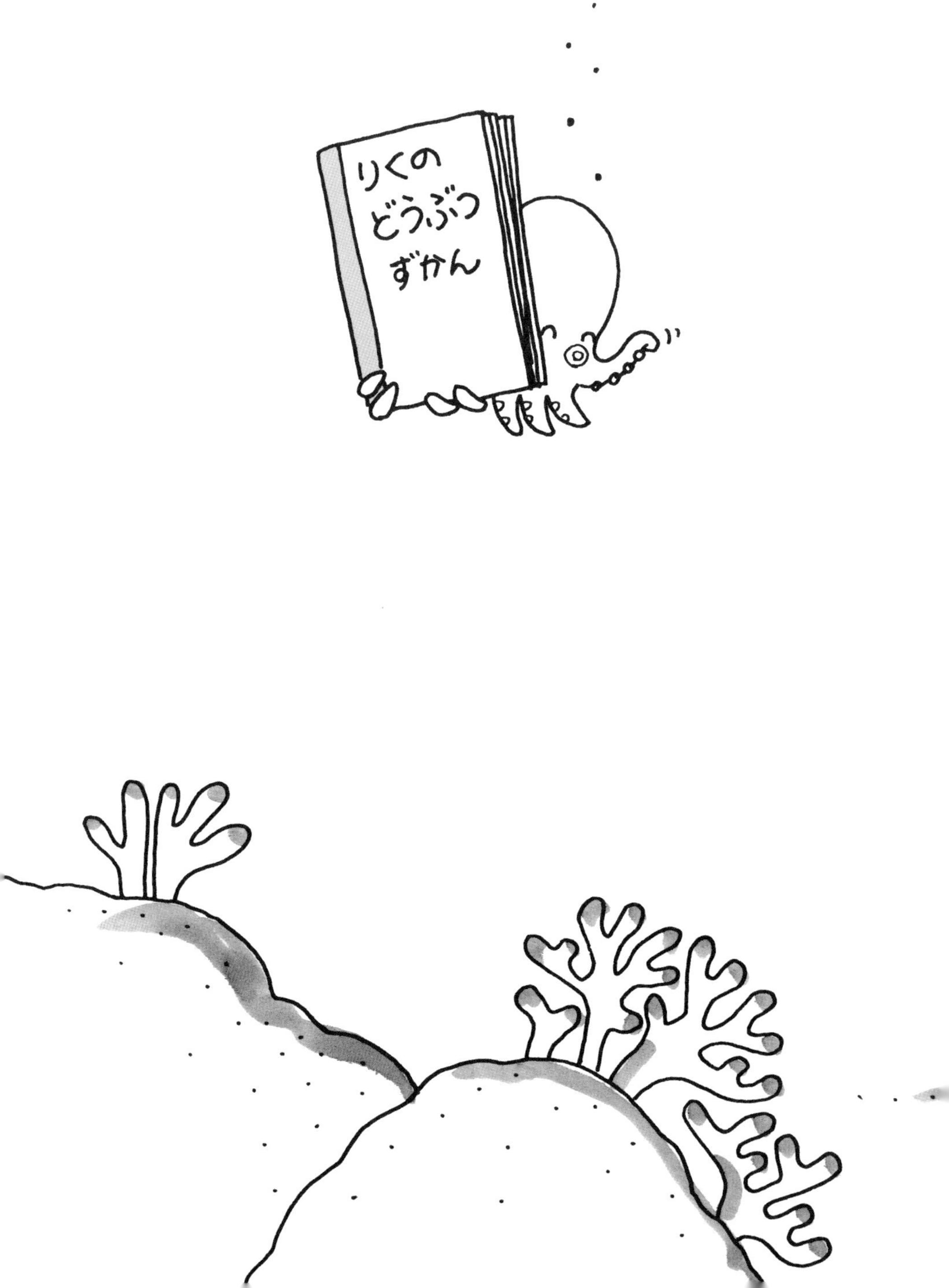
りくの
どうぶつ
ずかん

マンボウの　なやみ

マンボウは、うみの　上《うえ》に　ぷかーっと
うかんで、ひるねするのが　大《だい》すきでした。
しょくじを　する　ときの　ほかは、たいてい
ねむって　いるのです。

でも　このあいだ、ひるねを　して　いたら、
下《した》から　アオザメが　ぶつかって　きたのです。

「うわあ、なんだって　こんな
ところに　うかんで　いやがるんだ。
ひるねだと？　ねてばっかり
いないで、たまには　本《ほん》でも
よんだら　どうなんでぃ。」
「本《ほん》？」
マンボウは、
おもいがけない　アオザメの
ことばに、びっくりしました。

「としょかんに　いって　みろよ。おもしろい
本《ほん》が、そりゃあ　たくさん　あるんだ。
本《ほん》ってぇのはな……。」
　それから　アオザメは、本《ほん》が　どんなに
おもしろいか、ながながと　しゃべって
いったのでした。
「本《ほん》って、そんなに　おもしろいのかな。じゃあ、
ひるねの　まえに　ちょっと　よんで
みようかな。いい　ゆめが　見《み》られるかも。」

うつくしい およぎかた
ゆうれい島の 大ぼうけん
かしこい さかな ゼミナール
おいしい かいそう りょうり

「あの、はじめてなんですけど、なにを
よんだら　いいのでしょう。」
マンボウが　としょかんに　やって　きました。
「どんな　本《ほん》が　おこのみでしょう。」
ヒラメは　せなかに　のせて　きた　本《ほん》を、
マンボウに　ならべて　見《み》せました。
「うーん、じゃあ、これに　しようかな。」
『ゆうれい島《じま》の　大《だい》ぼうけん』と　いう　本《ほん》を
さしました。

つぎの　日《ひ》、マンボウは　また
としょかんに　やって　きました。

「あれ、もう　よんだのですか、はやいですね。」

ヒラメは、うれしそうに　にっこりしました。

「あの……そうなんです。これには　つづきが……あるのでしょうか。」

「ありますとも。大《だい》ぼうけんシリーズに　なって　いるんです。さあ、つぎは　これですよ。」

「はい……おかりします。」

そして　マンボウは、まいにち　まいにち、としょかんに　くるように　なったのです。

でも、なんだか　だんだん　やつれて
きたので、ヒラメは　しんぱいに　なりました。
「あの……マンボウさん、だいじょうぶですか。
本《ほん》の　よみすぎで、ねむって　いないのでは
ないですか。」
マンボウは、はっとした　ようすでしたが、
すぐに　わらって　いいました。
「いやいや、本《ほん》が　おもしろくって、ほんとに、
やめられなくって……。」

「なら　いいのですが。この　シリーズ、ぼくも　大《だい》すきなんです。とくにしゅじんこうの　うみがめトントンが、おっちょこちょいで、しっぱいばかりしてますよね。」

「トントン？　そう、トントン……。」

マンボウは、しょぼんと　してしまいました。

「どう　したんですか？」

「ヒラメさん、ごめんなさい。ぼく、ほんとは　よんで　いないんだ……。」

マンボウは、ほんとうの　ことを　はなしはじめたのです。

マンボウは、はじめて　本《ほん》を　かりて
かえった　日《ひ》、すぐに　よみはじめました。
でも、しゅじんこうの　トントンが　たびに
出《で》る　まえに、もう　ねむって　しまったのです。
なんだか　からだが　おもいな、と　おもって
目《め》を　あけると、なんと　たくさんの
カモメたちが、からだの　上《うえ》で　本《ほん》を　よんで
いたのです。

カモメたちは、すぐに　よみおえて　しまって、

「ああ、おもしろかった！」

「どきどきしちゃったわねー。」

「ねえ、つづきは　ないの？」

「そうよ、もっと　かりて　きてよ。」

「そうよ　そうよ。」

と、ぎゃあぎゃあ　さわぐのです。

マンボウは　しかたなく、まいにち　本《ほん》を
かりに　いく　ことに　なったのです。

「そうだったんですか。」
ヒラメは、きのどくそうに　いいました。
「しかも、カモメたちは、よみながら
こうふんして　さわぐので、うるさくて
ねむれないんです。」
「それでは、マンボウさんの　みが
もちませんね。では、きょうは　これを
もって　いっては　いかがでしょう。」
いわの　かげから　とりだしたのは、とても

ぶあつくて、字《じ》が　こまかくて、むずかしそうな
『水《みず》の　あわの　ごとく』と　いう　本《ほん》でした。
「これなら、しばらくは　かかるでしょう。」

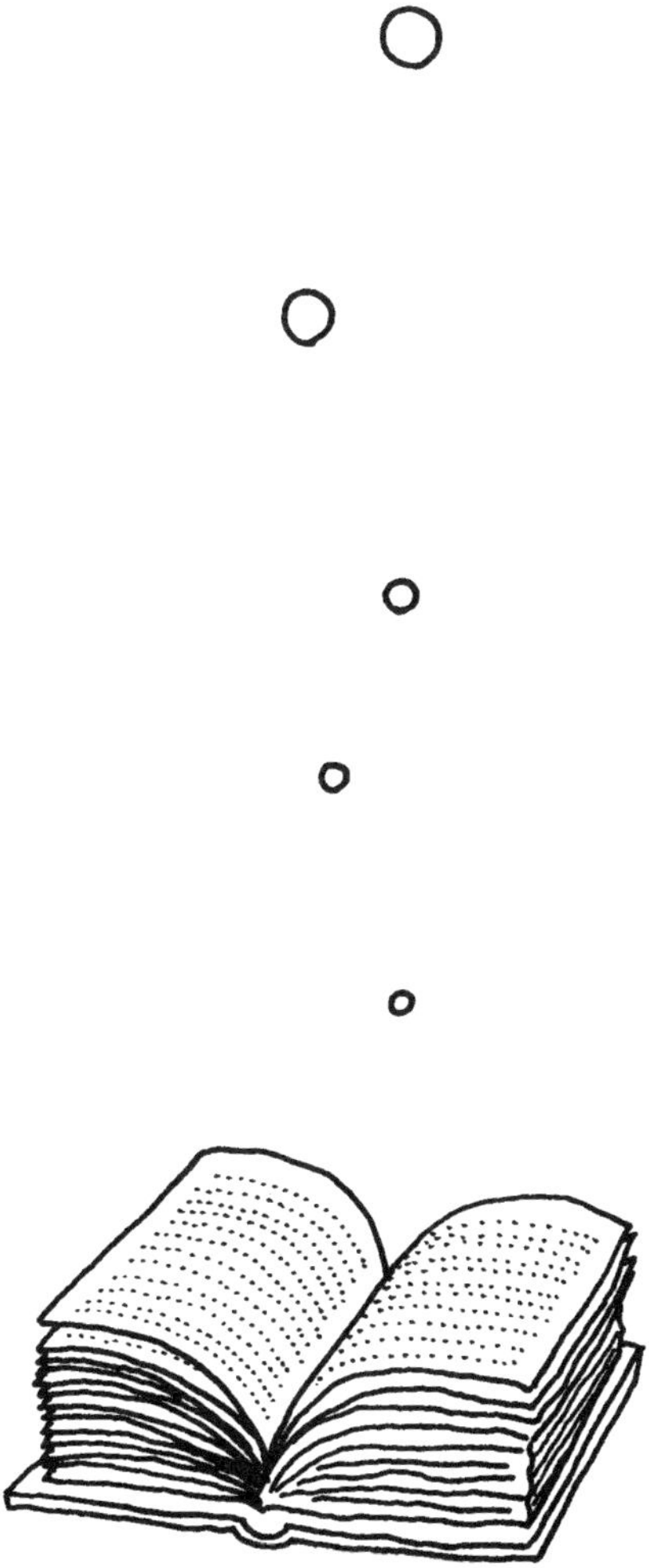

ところが　よくじつ、また
マンボウが　やって　きました。
「まさか、カモメたちは　もう、
よんじゃったのですか。」
ヒラメは　おどろきました。
「いいえ、ちょっと
よんだだけで、一《いち》わの　カモメが、あっちに
おいしい　ものが　ある、と　いったら、
みんな　とんで　いっちゃったんです。」

マンボウは　とても　うれしそうでした。
「そうでしたか。これも、じっくり　よむと
おもしろくて、じんせいを　ふかく
かんがえさせるんですがねえ……。」
ヒラメは、ちょっと　ざんねんそうでしたが、
「じゃあ、ぼくは　ひるねを
します……ふああ、おやすみなさい。」
と、マンボウは　あくびを　しながら、うかんで
いって　しまいました。

マグロと　クルマエビ

「ヒラメさん、この　本《ほん》、
おもしろかったわ。
あんまり　おもしろいから、
うちの　だんなにも
すすめたのよ。でも、
あのひとったら、

本《ほん》なんか　めんどくさいって　いうのよ、まったく、ねえ。」
クルマエビは、いつも　しゃべりだしたら　とまりません。ヒラメは　だまって　きくばかりです。
その　とき、きゅうに　水《みず》が　ぐわんと　ゆれました。
する と　大《おお》きな　さかなが　びゅーんと、目《め》の　まえを　とおりすぎて　いったのです。

「マグロ？」
ヒラメは　びっくりしました。
としょかんの　中《なか》を、マグロが　とおって
いく　ことは　なかったからです。
「なあに、あぶないじゃ　ないの。」
クルマエビが　赤《あか》く　なって
おこって　います。
「あぶない、また　きた！」
ひとまわりして　また　おなじ

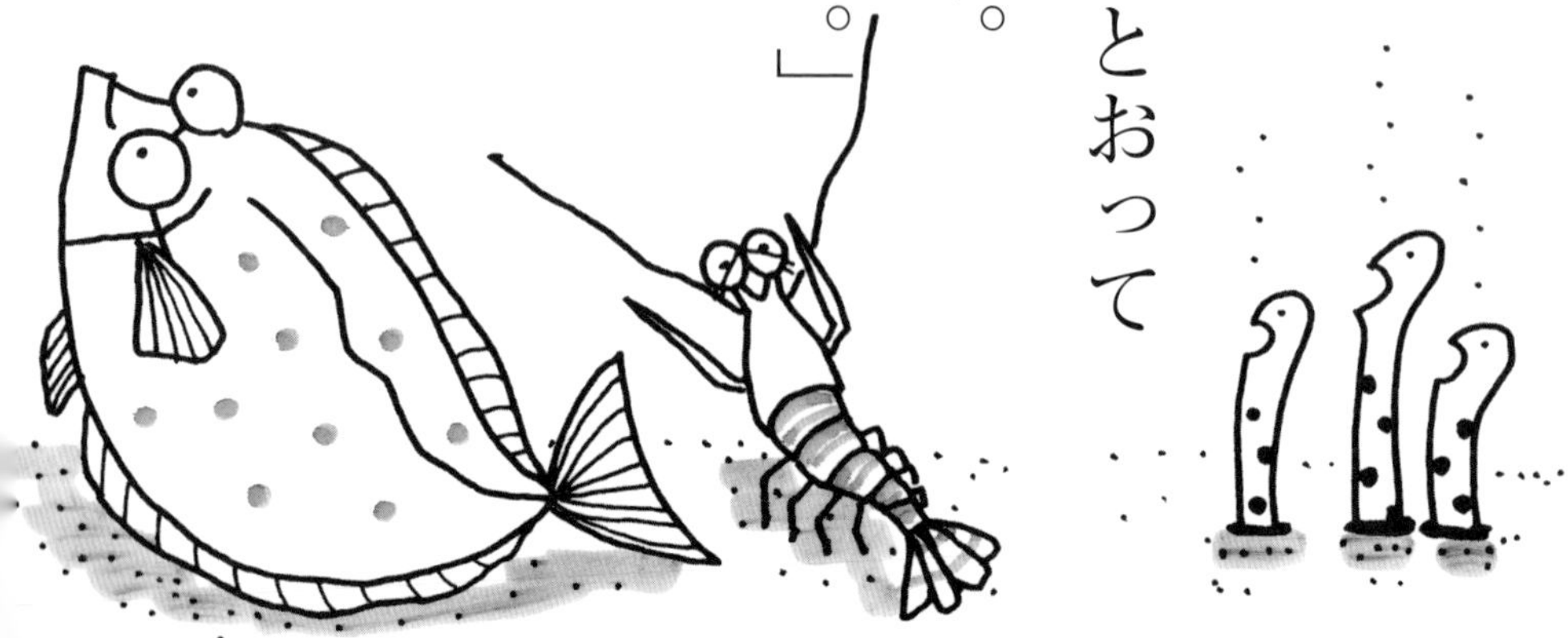

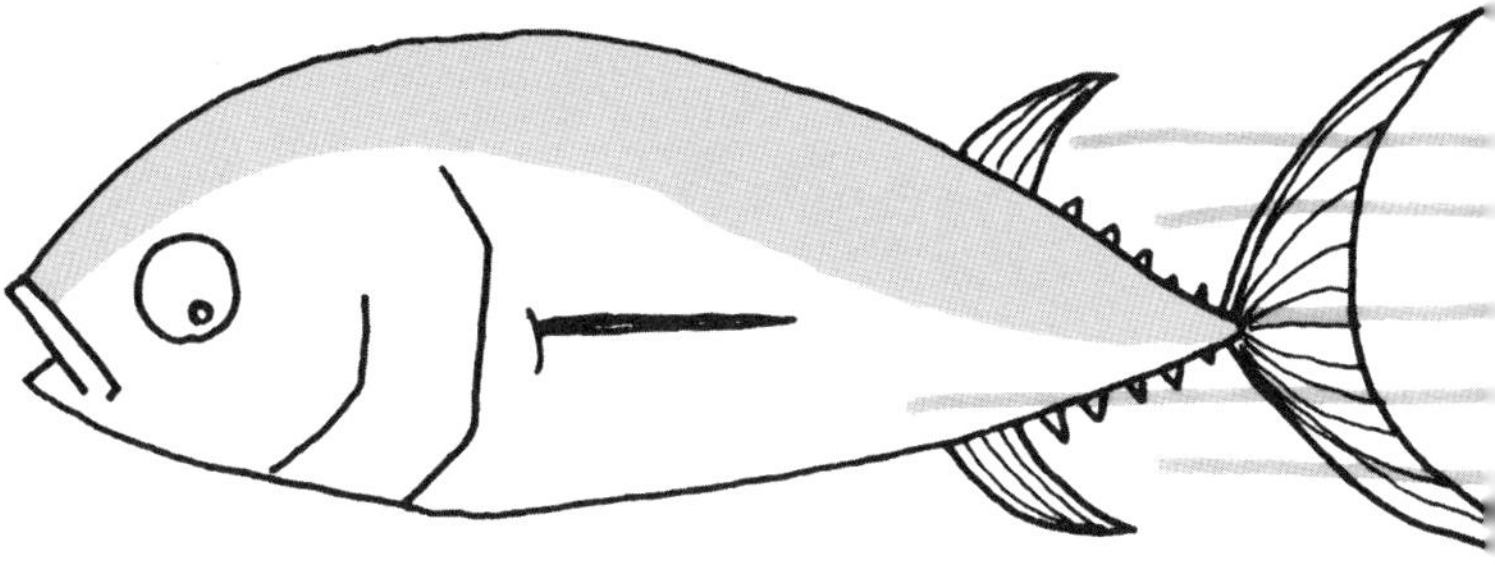

ほうから、マグロが　やって　きました。

「……あの……本《ほん》を……。」

なにか　いったようですが、あまりの
はやさに　よく　わかりません。

「本《ほん》って　いったよね。わ、また　きた。」

マグロは、すこし　スピードを
おとしたので、

「……本《ほん》を　よみたい……。」

と　いうのが　ききとれました。

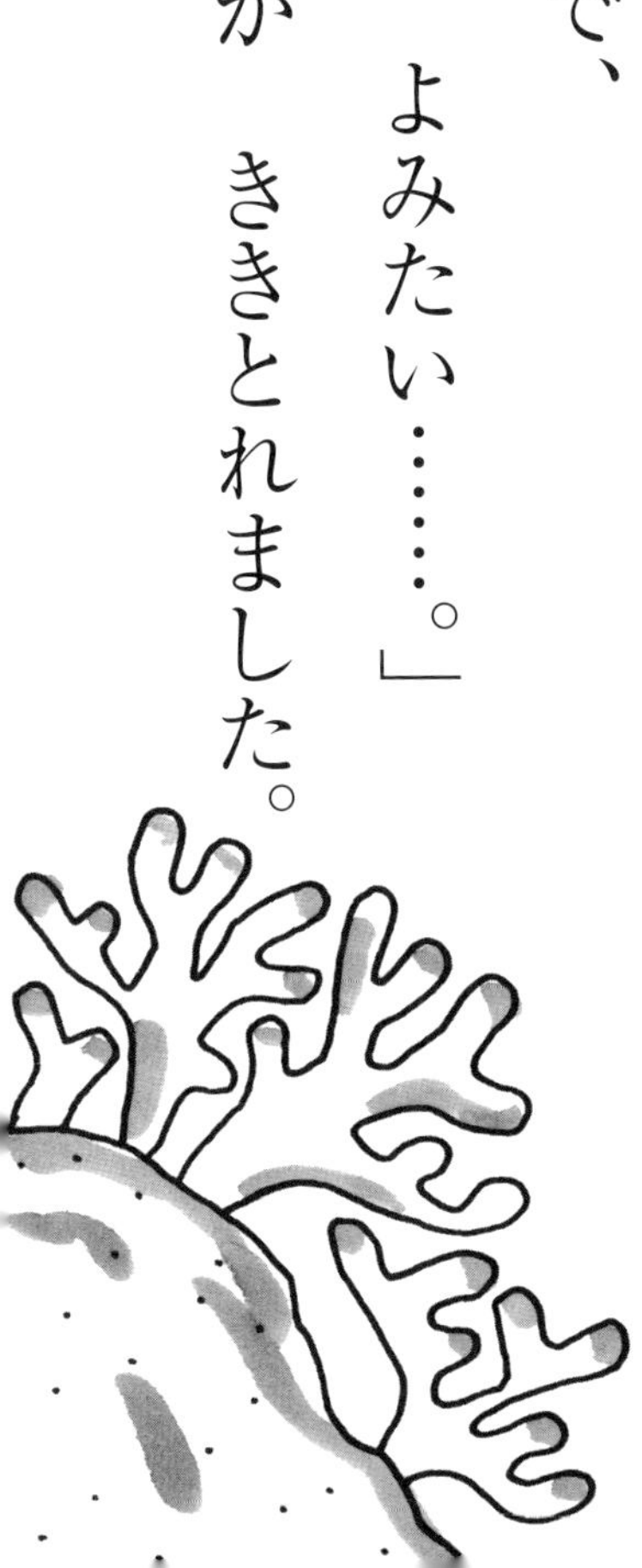

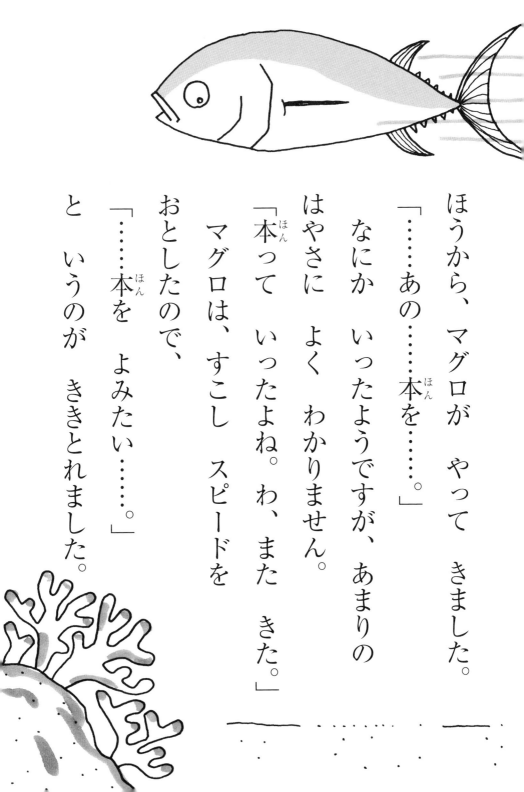

「ちょっと　あんた、とまって　いいなさいよ。」
「まあまあ、おこらないで。マグロは
とまって　いられないんです。
およぎつづけないと、いきが　できないんです。
なんどか　まわって　きたら、
わかるんじゃ　ないかな。」

ヒラメは、じっとして、マグロが　いう
ことを、まわって　くる　たび　つぎつぎと
ききとりました。

「ぼくは　本《ほん》を。」

「本《ほん》を　よみたい。」

「でも　とまれない。」

「でも　よみたい。」

「本《ほん》は　おもしろそう。」

「なんとか　ならない？」

ヒラメは、うなずきました。

「そうか、本《ほん》を　よみたいんだね。」

マグロは、うれしそうな　かおを　しました。

「本《ほん》なんて、よめる　わけ　ないじゃ　ない！」

クルマエビは、りょう手《て》を　ふりあげて
おこって　います。

ヒラメは　だまって　かんがえました。

マグロは、まわって　くる　たび、ヒラメを
見《み》つめます。

五十三《ごじゅうさん》かい
まわって　きた　とき、
ヒラメは　ひらめきました。
「そうだ、クルマエビさん、
ぜひ　力《ちから》を
かして　ください。」
「え、あたしが？」
「そうです、あなたが
ぴったりです。

いいですか、マグロくんの　せなかに
しがみついて、あなたが　よんだ　本《ほん》の
はなしを、きかせて　あげるのです。」
クルマエビは、手足《てあし》を　ふりまわしました。
「なんで　あたしが、あの　おちつきの　ない
マグロの　ために？　そりゃあ　あたしは、
たくさん　本《ほん》を　よんで　いるし、おはなしも
ぜんぶ　おぼえて　いるし、しゃべるのも
すきだけど……。」

「よし　きまった！　マグロくん、スピードを
おそく　して！」
ひゅん、と　とおりすぎて　いった
マグロは、こんどは　すこし　ゆっくり
もどって　きました。
「さあ、クルマエビさん、いまだ！
とびのって！」
「え、えっ。」
ヒラメが　下《した》から　すくいあげるように　して、

クルマエビの
からだを　うかせると、
マグロが　すっと
その　下《した》に　入《はい》り、
クルマエビは
がしっと　せなかに
しがみついたのです。
「よし、たのみますよ。」
「たのむって、え、えっ。」

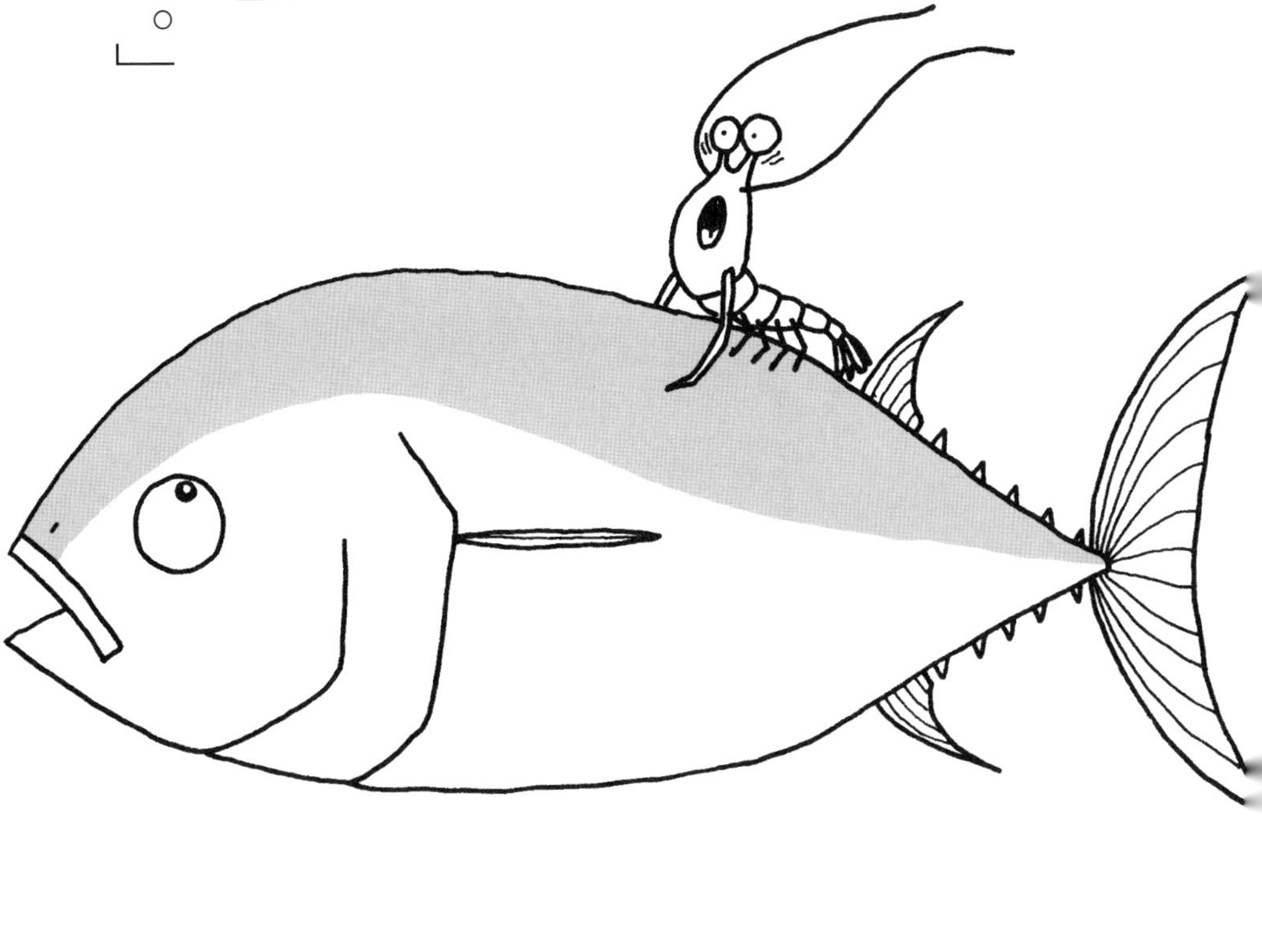

クルマエビを　のせた　マグロは、
なかなか　もどって　きませんでした。
ヒラメは　しんぱいに　なって、うろうろして
いましたが、だいぶ　じかんが　たった　ころ、
大《おお》きな　水《みず》の　うねりが　きました。
「かえって　きた！」
にこにこした　マグロの　かおが、
「ただいま、ありがとう！」
の　ことばと　ともに、とおりすぎました。

「あれ、
クルマエビさんは……あっ。」
すなの　上《うえ》に
ひっくりかえって　います。
「だいじょうぶですか、
クルマエビさん。」
ヒラメが　そばに
よると、かすかな
こえで　いいました。

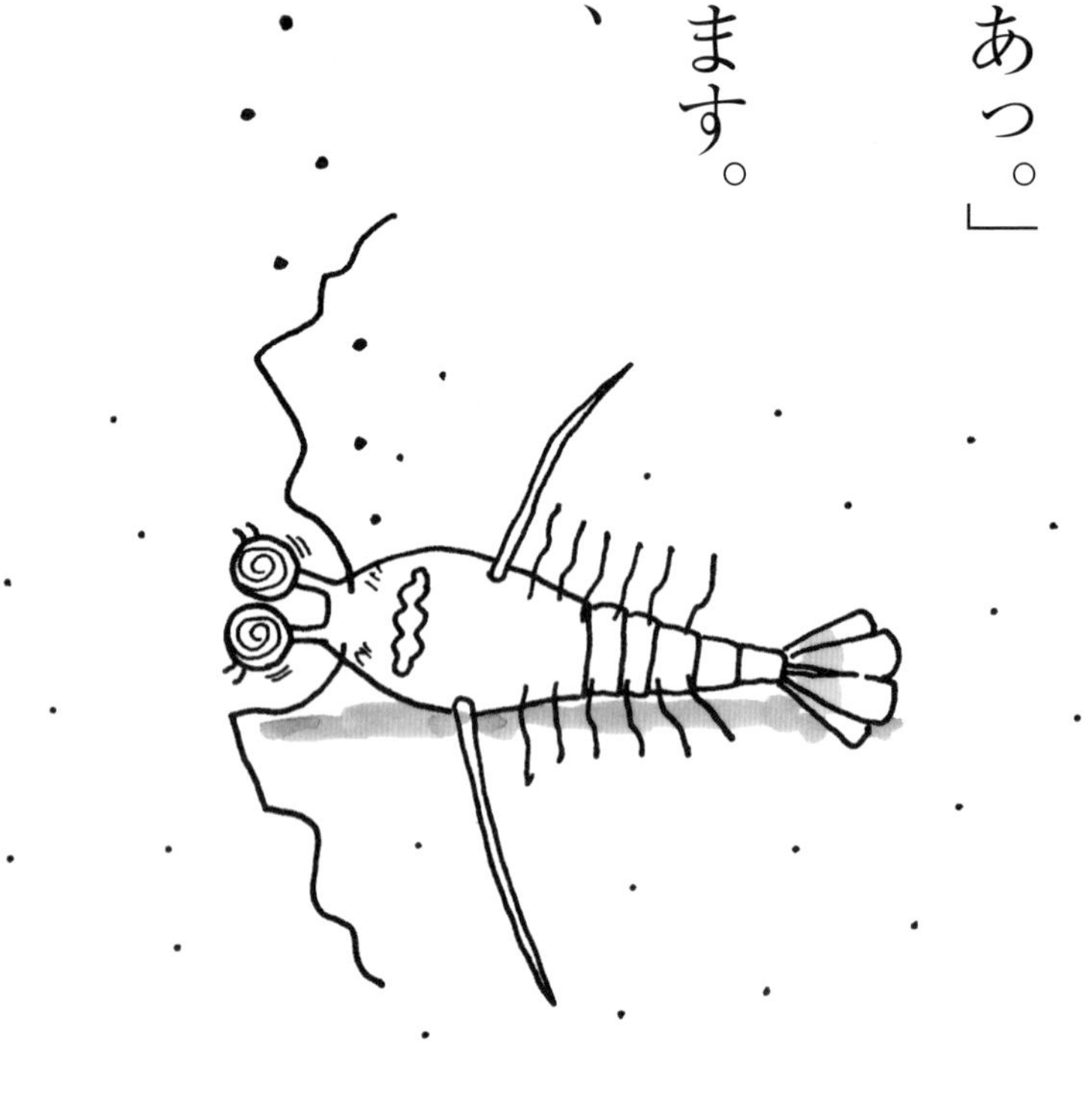

「あたまが……クラクラ。
もうスピードで
すすみながら、
大《おお》ごえで　しゃべりつづけて　いたのよ。」
「ごめんなさい、むりな　おねがい　しちゃって。」
ヒラメが　あやまると、クルマエビは
なんとか　からだを　おこしました。
「ただの、ふなよいよ。こんどは、なにを
はなそうかしら。」

「また、おはなしして　くれるんですか。」
「だって、マグロったら、とても　うれしそうに
きくんですもの。ヒラメさん、
また　おもしろい　本《ほん》、しいれて
おいてね……きょうは　もう　だめ、ふう。」
クルマエビは、その　まま　ねむって
しまいました。
「ありがとう、おつかれさま。」
ヒラメは　そっと　いいました。

本《ほん》の しゅうりやさん

「ヒラメさん、ごめんなさい、また
本《ほん》が きれちゃったの。」
カニの 子《こ》どもたちが、えほんを みんなで
かついで やって きました。

「いっしょに、えほんを　よんで　いたの。」

「いもうとが　ページを　めくろうと　して、はさみで　きっちゃったの。」

「えっ、にいちゃんも　きったよ。」

「きれちゃったんだよー。」

かしゃかしゃ　わいわい、大《おお》さわぎです。

「どれどれ、ほんとだ、きりこみがいっぱいだね。でも　だいじょうぶ、ちゃんとなおるよ。」

「こんにちは、ブダイさん。」
ヒラメは、ブダイの　ところに　やって
きました。いつも　大《おお》きな　いわの　かげに
いるのです。
「こんにちはー、ブダイさーん。」
こんどは　大《おお》きな　こえで　よんだら、
「うるさいねえ、また　あんたかい。」
と、めんどうくさそうに
ブダイが　あらわれました。

ブダイは、ヒラメが　うまれる　ずっと
まえから　ここに　いる、おばあさんでした。

「また、本《ほん》が
きれちゃったんです。
なおして
いただけますか？」
ブダイは
よるに　なると、
とうめいな
ベッドルームを
つくって、その　中《なか》で

ねむるのですが、
その　ざいりょうで、
本《ほん》の　ページを
くっつけて　なおす　ことが　できるのです。
「ふん、どうせ　子《こ》ガニたちが　きったんだろう。
まったく、あんたは　もっと　きびしく
しかれないのかね。あたしんとこに、もって
くりゃあ　いいと　おもってるんだろうけどさ、
あたしだって、いそがしいんでね。」

「いつも　すみません、
そこを　なんとか、
おねがいします。」
ヒラメは、
ぺたんこに　なって
おねがいしました。
なにしろ、小《ちい》さい
カニや　エビは
すぐに　本《ほん》を

きって　しまうし、
ウニたちに　にんきの
『ウニまるが　いく』は、
いつも　あなだらけに　なって　しまうのです。
「ふん、いつ　できるか　しらないよ。」
ブダイは　いつも、こんな　ふうに
いうのですが、つぎの　日《ひ》に　やって　くると、
ちゃんと　本《ほん》が　きれいに　なおって
いるのでした。

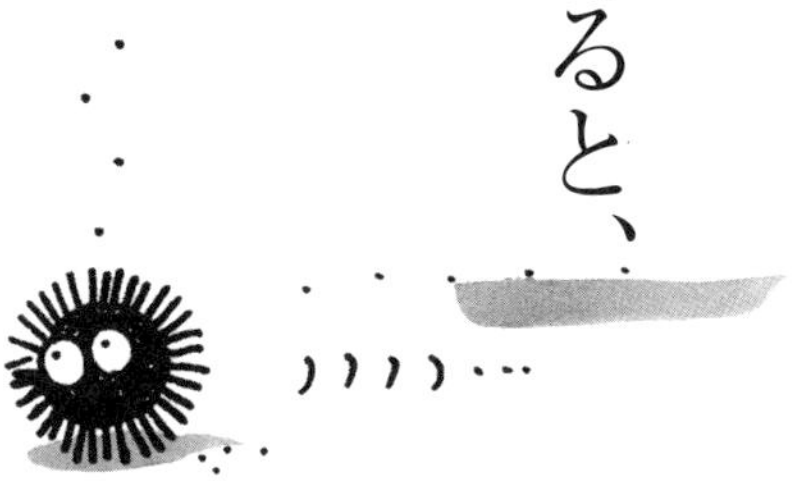

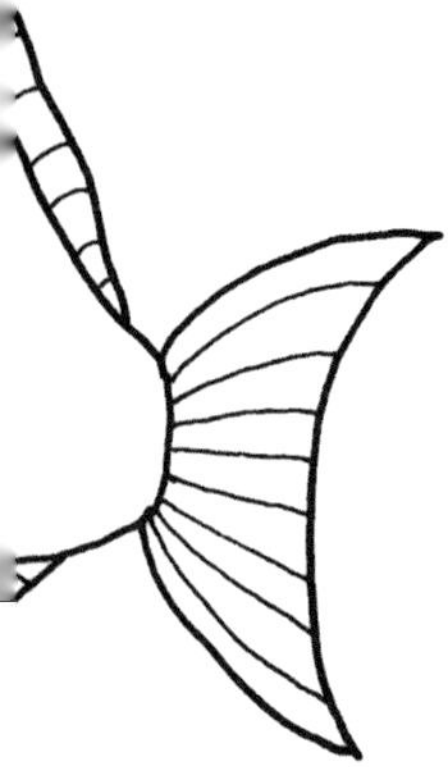

ある　日《ひ》の　ことです。
「えへん、えへん。」
せきばらいが　きこえたので、ヒラメが
かおを　あげると、なんと　ブダイでした。
としょかんに　やって　きたのは、
はじめてです。
「なにか、おさがしですか。」

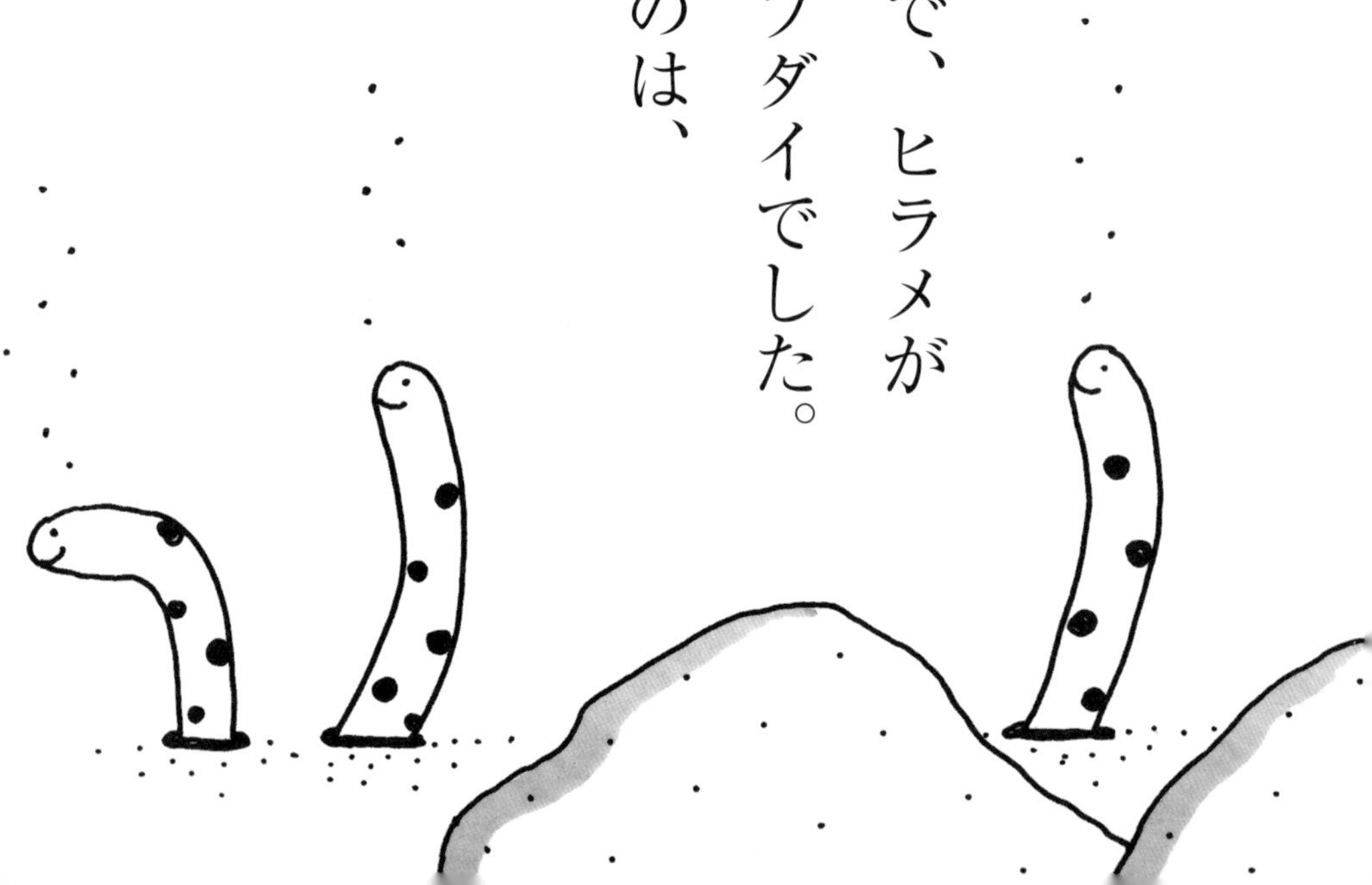

ブダイは、なにも　いわず、ゆらーっと、
としょかんの　中《なか》を　一《いっ》しゅうしました。
「ふん、子《こ》どもむけの、あたらしい　本《ほん》が
ないじゃあ　ないか。あたしが　なおした
本《ほん》ばっかりだなんて、たいした　としょかんじゃ
ないね。」
「いやあ、なかなか　子《こ》どもむけの　本《ほん》が
見《み》つからなくて……こまってるんですよ。」
ヒラメが　はずかしそうに　いうと、ブダイは

三《さん》さつの　本《ほん》を　いわの　かげから
とりだしました。

「ぼろぼろに　なる　本《ほん》は、子《こ》どもたちに
にんきが　ある　しょうこだろ。あたしも……
ふん、こんな　もんかと　かいて　みたんだがね。」
ヒラメは、むねが　あつく　なりました。
ブダイは、ちゃんと　本《ほん》を　よんで　いたのです。
「よませて　ください！」
ヒラメは、むちゅうで　三《さん》さつを　よみました。
どれも　小《ちい》さい　子《こ》が　かつやくする、たのしい
おはなしでした。

コンブのもりの
ドロロンおばけ
どんまい
カニチーム

「すごく　いい、おもしろい！
これ、きっと
みんなに　よまれて、
また　ぼろぼろに
なっちゃうかも。
そしたら、また
しゅうりして
くれますか？」
ブダイは、

「ふんっ、おせじだろうが。」
と　いいました。でも、
ちょっぴり、うれしそうでした。
「ぼくは、つまらない　本《ほん》を
おもしろい、なんて　いいませんよ。
また、かいて　くださいね。」
ヒラメは　本《ほん》を　せなかに　のせると、
子《こ》どもたちの　いる　ところに
およいで　いきました。

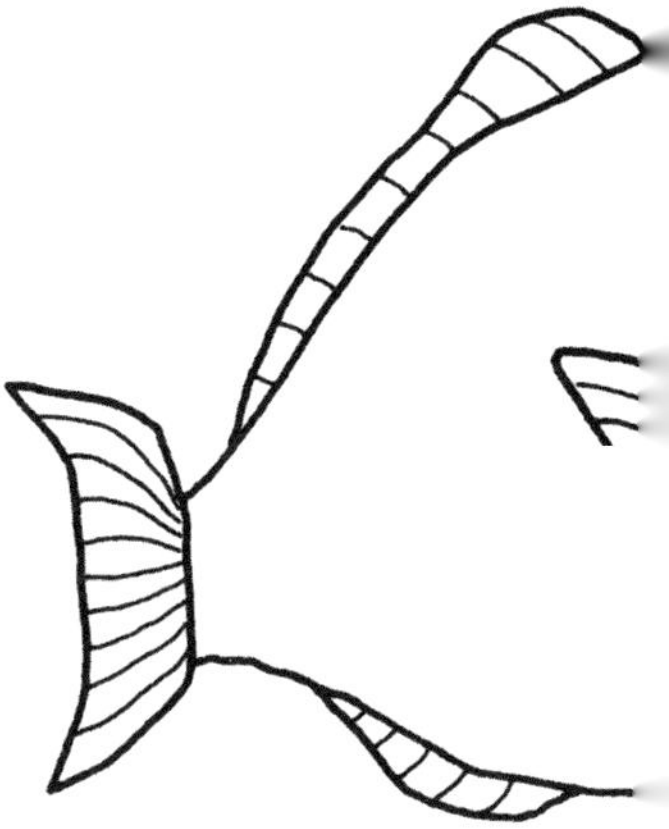

「きょうも、いい 日《ひ》だったな。」
ヒラメは、すなに もぐって、ねむる
まえに かんがえます。
「あしたも、みんなが 本《ほん》を
たのしめますように。そして、ぼくの
どくしょじかんも、たくさん
ありますように。」

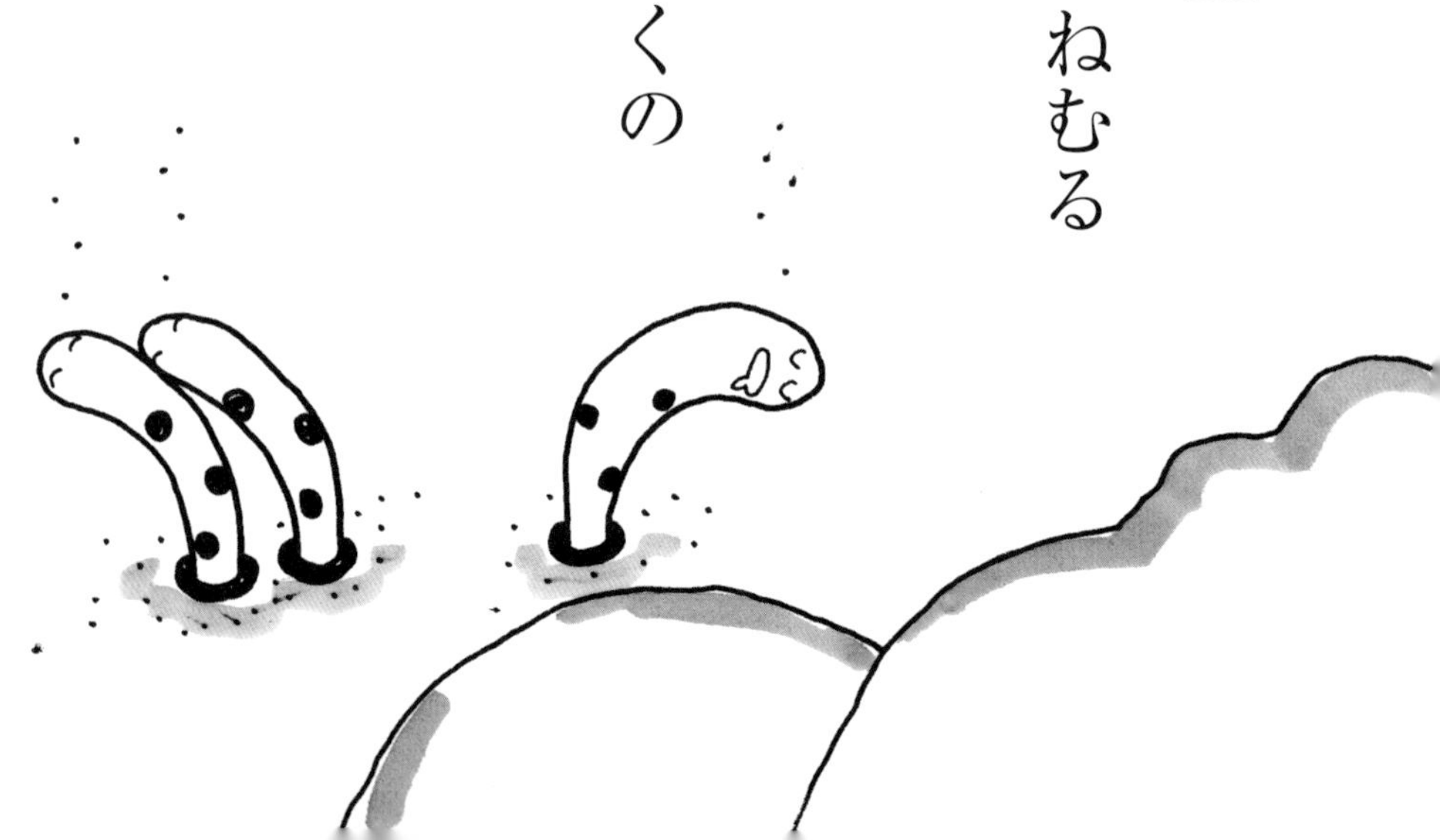

作者・葦原かも

〔あしはらかも〕

第五十四回講談社児童文学新人賞佳作を受賞した、『まよなかのぎゅうぎゅうネコ』でデビュー。ちかごろ、さかなを見ると、どんな本がすきなのか、きいてみたくなります。

画家・森田みちよ

〔もりたみちよ〕

絵本に「ぶたぬきくん」シリーズ、児童書のさし絵に「なんでもコアラ」シリーズなどがある。うみのとしょかん、おうえんよろしくおねがいします。つづきもだせるといいな。

シリーズ装丁・田名《たな》網敬一《あみけいいち》

どうわがいっぱい⑪③

うみのとしょかん

2016年12月7日　第1刷発行
2019年2月20日　第6刷発行

作者　葦原《あしはら》かも
画家　森田《もりた》みちよ

発行者　渡瀬昌彦
発行所　株式会社 講談社
東京都文京区音羽2-12-21(郵便番号 112-8001)
電話　編集　03(5395)3535
　　　販売　03(5395)3625
　　　業務　03(5395)3615
N.D.C.913　78p　22cm
印刷所　株式会社 精興社
製本所　島田製本株式会社
本文データ作成　脇田明日香

ISBN978-4-06-199613-7

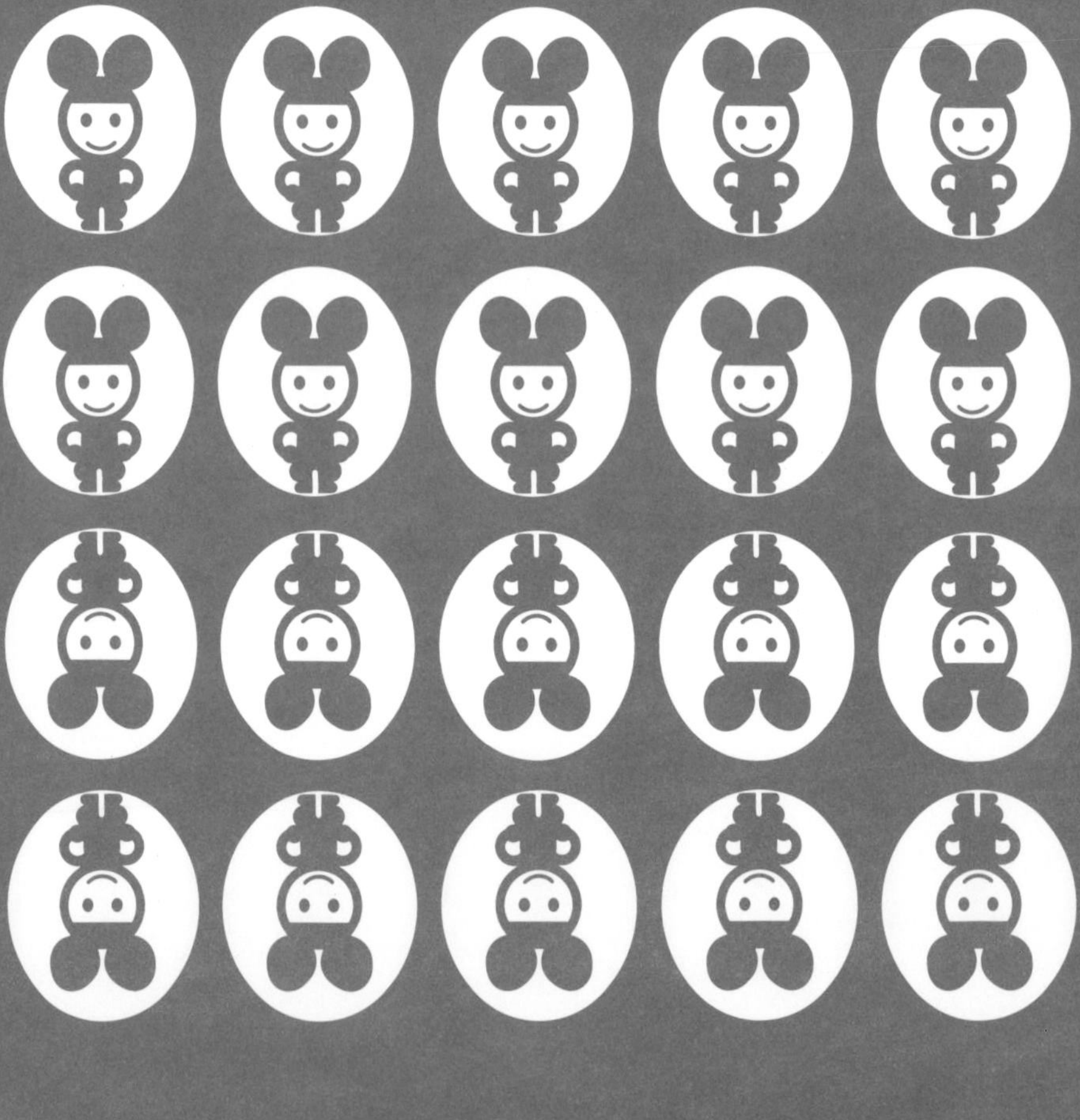